W0467693

LA DÉBAUCHE

Aux virés
Aux lourdés
Aux éjectés
Aux dégraissés
Aux restructurés
Aux fusionnés
Aux mondialisés
Bref, à tous ceux qui se retrouvent sur le carreau.

Mille mercis à l'ami Loustal
pour avoir prêté sa main droite et sa palette à M. Hélas

© **FUTUROPOLIS . GALLIMARD 2000**
Droits de traduction, de reproduction et d'adaptation réservés
pour tous pays.

TARDI · PENNAC

LA DÉBAUCHE

FUTUROPOLIS
Gallimard

Toute la question est de savoir...
si ce branleur de JUSTIN...
sera vraiment efficace sur ce coup-là.

HOTEL
CL
FLEURS
KATY DOG
Arrête tes conneries, JUSTIN, raccroche !
Lili, c'est toi ? C'est toi Lili ? Au bout du fil, c'est bien toi ? Ici c'est moi.
TAXIS
TAXIS
Parce que s'il foire aujourd'hui, je le sacque !
AGENCE
SOCIETE GENERALE
AGENCE OUVERTE LE SAMEDI
de 9h à 17h (sans interruption)
CB
- DISTRIBUTEUR EGALEMENT A L'INTERIEUR
- CHANGE
EN SERVICE
I ♥ PARIS
Putain JUSTIN tu me les brises avec tes gonzesses !
Mauvaise nouvelle Lili, je vais être en retard.
Dis à ton copain que je ne suis pas tes gonzesses ! De combien le retard ?
KATY DOG
Raccroche, merde ! Regarde ce qui bouge.
O.K. un tout petit retard, Lili, quitte pas surtout.
Ta thune, ton sac, ta carte, ton code, ou je te scalpe !
GENERALE
AGENCE OUVERTE LE SAMEDI
de 9h à 17h (sans interruption)
CB
- DISTRIBUTEUR EGALEM
A L'INTERIEUR
- CHANGE

J'en ai pour deux secondes.
OUH..
Et mon genou dans les couilles, ça te les scalpe ?
POLICE ! Connard t'es à la retraite !
C'est pas moi !
Allez, en voiture, en voiture !
Voilà, c'est fait j'arrive.
Je dépose mes paquets et je suis là.
C'est pas moi.
Bon. Réglons nos comptes JUSTIN.
Une fois de plus vous avez complètement merdé sur ce coup-là !
C'est pas moi.
Il est sur un autre coup, patron, comme d'hab' la chasse aux filles !
Qu'est-ce que tu dis Lili ? J'ai de la friture dans la bagnole.

C'est pas moi.
Ça fait plus de quinze jours maintenant que vous glandez !
Quinze jours que je me cogne tout le boulot pendant que monsieur cavale.
Quel genre de friture ?
Vous allez mettre un peu plus de cœur à l'ouvrage, sinon...
J'AI FAIM
Mon cœur est au bout du fil, patron.
C'est pas moi.
Je ne suis pas ton patron.
Tu as une drôle de voix, Lili, ne me dis pas que tu es encore avec Georges ?
Demain dix heures dans mon bureau ! Compris ?
C'est pas moi.
22
Si ! Je suis avec le Capitaine et Georges. Pourquoi ?
C'est pas que je sois jaloux, mais il me rend nerveux, ton Georges.
Ah bon ? Moi il m'apaiserait plutôt.

Qu'est-ce que tu as fait ce matin ?
Des amygdales, une appendicite, une péritonite... de la brouille. Et toi ?
Un suicide, un chantage et un flag à la carte bleue. Petite matinée.
Gaffe à toi Lili, je me rapproche dangereusement.
Te rapproche pas trop vite, j'ai pas tout à fait fini.
HÉ!
n'écrasez pas mon...
Vous exposez sur les trottoirs maintenant Monsieur HÉLAS?
Dans ma situation on a les galeries qu'on peut, Monsieur l'inspecteur.
Avec qui tu parles? ... avec M. HÉLAS?
J'expose même dans les cages aux bestiaux. Eux, au moins, ils apprécient.
Oui, il était question d'art, mais j'ai la tête ailleurs.

Va faire un tour, j'en ai pour cinq minutes.
Bon, je vais draguer du côté de la Gloriette.
Si tu me trompes, j'en parle à Georges.
AH!...
Quoi, Ah ?
Rien. Elle est en main. Tu l'as échappé belle.
DANGER TRAVAUX
Ça merde au boulot, Lili...
HASTA LA VICTORIA SIEMPRE
... tu me perturbes et on me le reproche.

C'est la vie, Justin aimer ou bosser, il faut choisir.
Arrête de déconner. Si ça continue...
...je vais me retrouver à la circulation.
Tu connais pourtant la solution, viens vivre chez moi ! On aura plus de temps pour nous et tu seras à l'heure au travail.
Chez toi, chez moi... recommence pas avec ça.
Dis donc, quelle déglingue ce zoo !
Tu crois que tes taulards sont mieux logés ?
Non mais nous on fait pas payer les visites.

Salut mon Capitaine !
Ta gueule petit con, elle s'occupe de Georges.
?
?
Ça y est je t'ai !
Et voilà !
FFFFF
Bordel, c'est dégueulasse !
Qu'est-ce que tu veux, il est comme ça, Georges, il bouffe tout ceux qui l'emmerdent.
Il est vivant ?
Ouais c'est la troisième fois qu'il l'avale.
J'ai un cadeau pour toi Lili.
?
Oh ! Justin !
Une nigra pigmentara ! Elle est splendide ! Où l'as-tu trouvée ?

Capitaine, vous ramenez Georges chez lui ?
C'est comme si c'était fait Lili.
Tu en penses quoi de ce mec, franchement ?
A propos de ton boulot Justin, vraiment, tu ferais mieux de t'installer chez moi.
J'aime pas les cages, Lili.
Tu veux finir seul, comme lui ?
Je veux pas finir du tout.
?
?

Homo sapiens
Labore carens
Europaeus
Menaces
Homo sapiens
Chômeur
Europe
Homo sapiens
Labore carens
Europaeus
Menaces
!
...
KATY DOG

Putain tu vois ce que je vois?
A quoi il joue ce mec?
Maman qu'est-ce qu'il fait le monsieur?
Il fait pitié.
Il fait quoi?
Il est là depuis combien de temps?
Non mais je rêve?
En tout cas, il n'était pas là ce matin.
Ça c'est la meilleure!
Eh les gars, venez voir!
?
L'atroce simplicité de ce spectacle dit toute la tragédie du chômage...
C'est intéressant ce que vous faites.
Ce qui serait intéressant c'est que vous m'en achetiez une.

... il en faut du courage pour exposer ainsi sa misère ...
...se mettre à nu aux yeux de tous.
Si c'est pas une pitié...
Nul ne sait qui il est, nul ne sait d'où il vient.
Et procurez du pain au chômeur inconnu...
Il semble tombé du ciel, mais nous connaissons trop bien l'égoïsme qui l'a conduit à cette extrémité...
V. HUGO LES MISÉRABLES

Certes, la mondialisation de notre économie...
?
... est un phénomène souhaitable autant qu'inévitable, mais...
KATY DOG
PRESSE
... si le sacrifice de ce chômeur inconnu ne crée pas un sursaut de conscience...
Alors?
... c'est qu'il n'y a vraiment plus rien à espérer des êtres humains que nous prétendons être.
KATY DOG
MUMM
Alors je me pose une question, Hubert. Croyez-vous que cela puisse se reproduire en cage?

Et dans ce cas nous pourrions bien nous réveiller un matin dans sa cage à sa place.
Bon, faut que je rentre.
C'est ça, rentre.
Nom de Dieu, je sens qu'on va se le cogner des jours et des jours celui-là.
LILI N'AVAIT PAS TORT!
MARDI
Si vous ne retrouvez pas votre rythme mon petit JUSTIN, vous savez comment vous allez finir?
À la circulation?
Non, au Jardin des Plantes. Je m'en occuperai personnellement.
MERCREDI
Comment tu traduirais ça MOKTAR?
Homo sapiens
Labore carens
Europaeus
Menaces
"Labore carens"? "privé de travail" M'sieur!
Et "Europaeus" est un nominatif.
Tu sais pas lire?
NOURRITURE INTERDITE

JEUDI
13H
S'il faut en arriver à de pareilles extrémités pour éveiller en nous un reste de solidarité, alors, je n'hésite pas à le déclarer : cet homme est un héros.
JURASSIC
VENDREDI
20H17
Oui, mais votre opinion de médecin ?
Il est des cas de désespoir où l'exhibitionnisme et le masochisme peuvent aller de pair avec une volonté de démonstration qui pousse le sujet à passer à l'acte...
... quand ce n'est pas "aux actes" ce qui est beaucoup plus dangereux.
Mais non Lili, je ne te pose pas un lapin, je suis en planque, bordel ! ... Et en plus je suis de permanence ce week-end.
SAMEDI
Il résiste aux provocations les plus éhontées...
... et au spectacle des familles les plus heureuses.

DIMANCHE
IL joue à la courte paille avec son voisin de droite, il abandonne ses colis à la petite famille de gauche ...
T'es là Justin ? Justin... Non ? Et merde !
SONY
LUNDI
On dira ce qu'on voudra, mais il commence à me gonfler, le martyr de service.
Qu'est-ce que vous lui avez donné à manger ?
On en reparlera !
Emmenez-le à l'infirmerie Capitaine.

Tu as vu la bague, Brigitte ? C'est toi. Mais j'y crois pas trop à ce mec.
Salut Georges, ça va mieux ?
Chez toi ou chez moi ?
Chez moi.
Justin il va falloir qu'on parle sérieusement. Ça ne peut pas durer comme ça nous deux.
Pourquoi parler ? Si on allait au cinoche ? FULL MONTY ça te dirait ?
Je ne sais pas si j'aurai le temps. J'ai du boulot par-dessus la tête.
HA! HA! HA!
Y a des soirs comme ça où mon moignon me travaille.
HOU!
CHUT!
HYPNOTH
Ça va vous soulager M. HÉLAS.
OUILLE! OUILLE! OUILLE!
AÏE
HYPNOTHANE

Homo sapiens
Labore carens
Europaeus
Menaces
Vous êtes content de vous?
Vous croyez que vous allez faire bouger quelqu'un?
Qui?
Les patrons? Les riches? Les pauvres? Les autres chômeurs?
L'Etat? Les Suisses? La Banque Mondiale? Le F.M.I? La Croix rouge? La S.P.A?
Vous êtes naïf ou quoi?

Vous voyez pas que la télé vous a bouffé ?
Vous êtes dans la boîte à images ! Digéré, manufacturé, calibré, inoffensif !
Homo sapiens
Labore carens
Europaeus
Menaces
"La charité m'sieur dame" Vous avez ouvert le robinet à trémolo, c'est tout !
Un anesthésiant, voilà ce qu'ils ont fait de vous ! Et ça ne donnera du boulot à personne.
Au contraire, même. Tous les chômeurs en cage : le rêve pour les patrons !
Vous bossez pour le C.N.P.F, ou quoi ? C'est ça que vous voulez ? Tous les chômeurs en cage ?
Vous me faites honte ! Honte pour les autres chômeurs ! Honte pour moi ! Honte pour vous ! Honte pour les bêtes !

Monty
Alors comment tu as trouvé ?
Contemporain.
Tu me fais encore la gueule ?
Il faut qu'on parle Justin. De nous deux, une bonne fois.
Demain Lili, demain.

Alors, on parle ?
Vous me faites honte ! Honte pour les autres chômeurs ! Honte pour moi ! Honte pour vous ! Honte pour les bêtes !
?!
Comment crois-tu qu'il était fait ce reportage ? Ça fait huit jours qu'ils filment les gens ! Tu es conne ou quoi ?
Je vais avoir l'air de quoi, au boulot ?
Monsieur craint pour sa carrière ?
Bien sûr, ils t'ont filmée ! T'as pas vu les caméras dans la cage ?
Non, monsieur a assez d'emmerdements comme ça ! J'aimerais pouvoir bosser tranquille, c'est tout !
Va bosser ! Va mettre les chômeurs en cage, toi aussi !

Ouh là pas l'air de bon poil ce matin, Lili.
Pourtant c'était rudement bien ce que vous lui avez passé hier soir, à l'autre dans sa cage! Ça a marché d'ailleurs, allez voir.
?
Désolé Lili, le patron va vous souffler dans les bronches.
?
Courage ma grande! CHARBONNEAU t'attend dans son bureau.
?
MEGALOBATRACHUS JAPONICUS (TEMMINCK 1837)
ENTR
Vous êtes contente de vous ?
?

?
Vous n'avez pas la moindre idée des emmerdements que va nous causer votre prestation d'hier soir!
Pour commencer: voilà le résultat de vos états d'âme.
Ah! bon? Il est parti?
?!
Une triste surprise nous attendait ce matin quand nous sommes arrivés au Jardin des Plantes.
Le mystérieux chômeur dont nous suivions l'immobile épopée depuis huit jours n'était plus dans sa cage.
Ça vous amuse?
TV MAG
Où est-il?
Vous imaginez le manque à gagner s'il ne revient pas?
Mais où est-il?
Où es tu?

BOBBY ? Ben, ou qu'il est mon BOBBY ?
BOOOBBY ? Où tu te caches, vilain ?
Ah ! Le voilà mon BOBBINOU.
Tu viens ? Non tu viens pas ?
Mais il est tout raide de peur mon BOBBY !
Là, là... Maman est là...
DANGER TRAVAUX
OUQUOOU
?
DANGER TRAVAUX
AAAA

Toute la question est de savoir...

Si ce branleur de JUSTIN...

Sera vraiment efficace sur ce coup-là.

Il s'est pendu pour que tout le monde le voit. Grande détermination. Un suicide très dur.
L'heure?
Onze heures, minuit, par là.
On va laisser JUSTIN s'occuper tout seul de cette affaire, mon petit VÉRONÈSE. Et pour commencer, il va nous trouver l'identité de la victime. N'est-ce pas, JUSTIN?
Tu es contente de toi? Pousser un pauvre mec au suicide avec ta morale de midinette.
JUSTIN...
Y a pas de JUSTIN, y a plus de JUSTIN, y a jamais eu de JUSTIN!
Décidément t'es une vraie crevure avec les nanas. Celle-là, tu la méritais pas.
Pas de problème, VÉRONÈSE, tu peux te servir.
Comment s'appelait-il?
Pas la moindre idée.

Vous ne savez pas son nom, vous ne savez pas d'où il venait, vous ne savez pas combien de temps il devait rester. Simplifiez-moi la vie : dites-moi ce que vous savez.
Tout ce que je sais, c'est qu'on m'a donné ordre d'ouvrir une de nos cages à ce type. Je ne l'ai pas fait de gaieté de cœur, ce genre de pitrerie n'est pas dans la vocation du Jardin des Plantes.
Ça vient d'où alors ?
Un supérieur hiérarchique qui tient l'ordre d'un supérieur, lequel obéit à son chef qui lui-même obtempère à plus galonné... Vous me suivez monsieur l'inspecteur ?
Ce genre d'échelle me fout le vertige.
Alors simplifiez-vous la vie... cherchez dehors.
?
Comme bien des chômeurs, il a cédé à un accès de désespoir, excédé peut-être par toutes les provocations qu'il a subies dans cette cage.
Bon, les enfants, on remballe. Ça commence à chlinguer par ici.
Inspecteur Justin Justin, police judiciaire. Je veux le nom du mort.
Inconnu au bataillon.
Vous le filmez depuis dix jours et vous ne savez pas comment il s'appelle ?
Je ne sais pas d'où il venait, je ne sais pas comment il s'appelait et je ne savais pas qu'il allait se pendre !
On me donne des ordres que je n'aime pas toujours suivre.

Le suicidé du métro George V
Le défenestré de l'Arc de Triomphe
Le noyé du Pont de l'Alma...
INSTITUT MEDICO-LEGAL
POLICE
L'explosé du périph Nord, le trucidé de Turbigo, l'immolé du Sacré-Cœur...
Et celui-là qu'est-ce que c'est?
Le pendu du Jardin des Plantes.
Un vrai guide touristique
?
?
Eh, tu vois ce que je vois?
Merde alors...

Eh ben dis donc, ils l'ont vite remplacé !
Maman, viens voir !
Qu'est-ce qu'il fait le monsieur ?
Il fait moins pitié que l'autre.
Y a des chômeurs qui savent se tenir propre !
C'est quand même pas Dieu croyable !
?
?
?
?
KATY DOG
!
Le Nouvel Écono
Économiste
BOUM! BOUM!
M. Hubert LAHACHE
13 rue des Balances
92200 Neuilly-sur-Seine.
Allez vous faire foutre, les journaleux ! Je suis pas d'humeur !
TUT! TUT! TUT! TUT! TUT!
?
Quoi encore !
On les maquille souvent les suicidés au Jardin des Plantes avant de me les envoyer ?

CHEZ DIEGO
RESTAURANT
MADEMOISELLE POSTEL-CHOPIN ?
?!
Vous sentez-vous responsable de la mort du chômeur ?
Responsable ou coupable ?
Coupable et responsable ?
Ni responsable ni coupable ?
?
Et vous les gars vous vous sentez pas un peu irresponsables ?
OUILLE...
V. HUGO

Si Monsieur l'inspecteur veut bien patienter.
Intéressant, n'est-ce pas? Ça nous vient d'un crayeur des rues, figurez-vous. Je vais l'exposer dans ma galerie. Il faut donner leur chance à tous les talents.
C'est votre mari que je voudrais voir, madame LAHACHE.
Hubert est malheureusement en voyage, mais si je peux vous être utile... Whisky? Porto? Martini? Vodka? Pisco?
Galeriste aussi, votre mari?
Oh non, deux amateurs de peinture dans un couple, ça ferait un artiste de trop. Mon mari, lui, fait dans l'alimentaire.
C'est lui?
L'année dernière à Deauville, oui.
Quel genre d'alimentaire?
Le genre multinational.
Absent de Paris, vous dites?
En voyage d'affaires, oui.
Un très long voyage, alors...

RRROOOAAARRRRRRGG
DDDRRRRIINNGG
Qu'est-ce...
V. HUGO
...SERABLES
235 NAC 75
Il a réveillé tout l'arrondissement. Tout le monde gueule au téléphone. CHARBONNEAU est furieux. Faut que tu viennes, LiLi.
OOORRRAAA
Une carie. C'est bien ce que je craignais.
T'as pas d'anesthésiant, LiLi, j'ai pas trouvé ton flacon d'HYPNOTHANE.
?
Tu entends ça, Georges? Pas d'anesthésie. Il va falloir être courageux, mon vieux...

RROOOAAAARRRRHHHOOOUUU!!!
Maintenant, accouche! Qu'est-ce qui l'a transformé en clodo?
C'était une idée à lui.
On avait installé une petite loge derrière sa cage, comme un comédien... Il avait toujours rêvé d'être comédien. Je le maquillais tous les matins.
Oui, mais pourquoi?
TUT TUT TUT
Je sais, je sais mon petit JUSTIN, mais la vérité n'a pas d'horaire.
Notre suicidé est un trucidé, et maquillé comme une déclaration d'impôts par-dessus le marché! Injection d'HYPNOTHANE sous la troisième cervicale. On l'a endormi avant de le pendre.
Le type de la morgue a remarqué l'hématome à la base du cou et le légiste a fait son rapport. Vous trouverez une photocopie sur votre bureau demain matin. A votre tour de m'apporter quelque chose. Mais discrétion, hein? Pour l'instant on reste sur la thèse du suicide, compris?
Il avait des ennemis, ton mari?

Qu'est-ce que tu fous là, toi ?
Je ne te demanderai plus rien, Justin. Une dernière chose, seulement. Dis-moi qui c'est.
Qui ça ?
Le suicidé du Jardin des Plantes... Je me sens trop coupable. Je veux savoir qui c'est. Aller m'excuser auprès de sa famille. Consoler sa veuve, s'il en a une.
DRRIING
Au rapport, mon petit JUSTIN.
Tu as un pendu dans la tête, Lili ?
Assume !
SALAUD !
Est-ce qu'il a des kleenex au moins, ce con ?
Merde alors !
Vous avez lu le rapport du légiste ? Qu'est-ce que vous m'apportez en échange ?
L'identité de la victime, son boulot et quarante bonnes raisons de le tuer.
Pas de rébus avec moi, mon garçon : **Qui ?** Et **pourquoi ?**
Donnez-moi quarante-huit heures, patronne, et je vous amène le coupable en prime.
Ne sortez pas de la tranchée trop tôt, hein. Vous avez un plan ?
Mieux que ça, j'ai la place du mort.
Et un sacré piston.

Un assassinat ? Excellente nouvelle, Lili ! Vous n'y êtes plus pour rien.
Pourquoi Justin veut-il que je continue à croire au suicide ?
Parce que c'est un vicelard.
Tous les hommes sont comme ça ?
C'est pas un homme c'est un flic.
Piqué à l'HYPNOTHANE. C'est justement ce que j'utilise pour ma ménagerie. Et le flacon a disparu...
?
Tout le monde utilise L'HYPNOTHANE ! Les dentistes, les chirurgiens, les anesthésistes, même les prestidigitateurs...
Les prestidigitateurs ? Où avez-vous vu ça ?
SINGAPOUR...
TABAC
CAFÉ
L'OTO
Alors, quel effet ça fait de se retrouver derrière ce bureau ?

KATY DOG
KATY DOG
KATY DOG
Délicieuse sensation de pouvoir et d'impunité.
KATY DOG
Direction des Ressources Humaines
N'oublie tout de même pas que tu es là pour mener une enquête. Je crois qu'ils sont tous arrivés. Tu vas pouvoir y aller...
Ça ne leur fait pas de mal de mariner un peu dans leur jus.

C'est la troisième fois que tu te casses la gueule, Félix. J'ai jamais vu un gibbon aussi maladroit.
Mademoiselle POSTEL-CHOPIN ? Je voulais vous rassurer à propos du suicide. Un type capable de s'enfermer dans une cage peut très bien se pendre en public. Le goût du spectacle... Vous n'y êtes pour rien. Et puis le zoo a retrouvé sa tranquillité.
Vous n'auriez pas une cigarette ?
?
Je croyais que vous aviez arrêté.
Rien qu'une, pour fêter la tranquillité retrouvée.
?
Où t'as trouvé cette seringue, toi ? Donne-la-moi !
Contre une clope ?
?
?
Bien, résumons-nous. La campagne publicitaire, initiée par Hubert LAHACHE mon prédécesseur, a porté les fruits escomptés.
Durant les dix jours où on l'a filmé, enfermé dans cette cage, nos ventes ont escaladé des sommets vertigineux.

Il semble avoir convaincu une large clientèle que si les produits KATY DOG sont comestibles par tous les animaux du monde, ils le sont aussi par leurs frères humains les plus désargentés.
c'est pourquoi je propose une minute de silence à la mémoire d'Hubert LAHACHE...
Maintenant, il faut bien admettre que la disparition d'Hubert LAHACHE et la fin prématurée de cette campagne représentent un sérieux manque à gagner... Notre entreprise va devoir consentir de douloureux sacrifices.
Quels sont ceux parmi vous qui se trouvent à deux ans de la retraite?

Où avez-vous appris à relever des empreintes, Capitaine ?
LONDRES.
Ton petit speech était parfait.
Excellent. Mais l'assassin n'est pas dans la maison. Tu as vu leurs têtes ? Ceux-là sont du côté du manche tant que le manche assomme les autres. Et quand c'est leur tour, ils s'écrasent.
DOG
KATY
Il n'y a que les empreintes du singe, là-dessus. Vous vous faites des idées, Lili.
Bon Dieu, Capitaine, Marius n'a pas acheté cette seringue en pharmacie et il m'en manque une dans mon stock. Qu'est-ce qu'il vous faut de plus ?
Qu'est-ce que c'est ?
La liste des quarante dernières personnes virées par ton gentil mari.
Quarante suspects ?
Dont un coupable !
REGARDEZ !
?
La boîte de la seringue. Pas de doute, le tueur est quelqu'un de chez nous. Il s'est servi au labo. Vous pourrez relever les empreintes là-dessus ?

A la Merguez Maison
MARIE DE NAZARETH
Monsieur ATTOR ?
?
Vous étiez bien concepteur chez KATY DOG jusqu'en avril de l'année dernière ?
Je préférerais qu'on ne me parle pas de KATY DOG
Où étiez-vous dans la nuit du 13 au 14 ?
Au Foyer des Ursulines. Un coup de pot, j'ai pas dormi dehors, cette nuit-là. Pourquoi ?
S'il faut vérifier toutes les empreintes du Jardin des Plantes, on n'est pas sorti de l'auberge !
Regardez, on l'a ouverte avec les dents
Vous soupçonnez les animaux, aussi ?
J'étais délégué du personnel. Ils m'ont viré quand même, il y a dix-huit mois, et je fais le taxi depuis trois semaines. J'ai eu de la chance, en somme.

La nuit du 13 au 14, vous rouliez ?
Pourquoi vous me demandez ça ? Quelqu'un a foutu le feu à KATY DOG ?
TAXI PARISIEN
Le pouce ici, l'index là.
On dirait une main gauche.
Un gaucher ? Ça nous fera moins de suspects à vérifier.
Excusez-moi, Capitaine, mais vous êtes un peu ambidextre.
Pas la même pointure.
C'est tout ce que vous avez à me dire Monsieur GRAVAL ?
Je ne sais pas ce que vous me voulez avec vos questions sur KATY DOG, mais si quelqu'un avait refroidi leur D.R.H., par exemple, je dirais que c'est moi, rien que pour recevoir la Légion d'Honneur.
LAHACHE ? Le D.R.H. ? Non seulement il m'a renvoyée pour me remplacer par une jeunesse bien roulée, mais en plus il s'est acharné. Héritier par les burnes, patron par principes, D.R.H. par vice : c'est pas un sadique, cet homme là, c'est le Mal en personne !
Qu'est-ce que vous voulez savoir de plus ? Si j'ai fait des stages de reconversion ? Dix-sept ! Combien de litres je me suis envoyés depuis qu'ils m'ont virée ? Plus que vous ne pourrez en boire jusqu'à la fin de vos jours ! On m'a pris mes meubles et retiré la garde de mes gosses...
Gaucher.

Attendu que la Société KATY DOG est convaincue de licenciement abusif aggravé de faux témoignages, nous la condamnons à verser au plaignant, outre ses indemnités légales, la somme de 48.227 francs et 50 centimes, à titre de dommages et intérêts.
Nous ferons appel de ce coup porté à la libre entreprise !
A moi seul j'ai plaidé douze fois contre KATY DOG. Les douze fois, j'ai gagné. Ils s'en foutent, ils ont une caisse pour payer les indemnités et les amandes. Ils se rattrapent sur ceux qui n'osent pas les attaquer.
CONSEIL DE PRUD'HOMMES DE PARIS
27
Où étiez-vous dans la nuit du 13 au 14 ?
A Clermont-Ferrand. Pour un entretien d'embauche. Mon trentième. Je suis arrivé en demi-finale, comme d'habitude.
Gaucher.

347
Mesdames et messieurs, il va sans dire que je veux rester propre, honnête, poli, travailleur, inodore, transparent et sans rancœur.
Mon histoire vous la connaissez, ce sera bientôt la vôtre.
LE FIGARO L'AURORE
Je me suis fait virer sans la moindre raison par la société KATY DOS dont je vous recommande le patron - D.R.H. le bien nommé Hubert LAHACHE, à côté de qui PINOCHET est non violent et BOUYGUES une entreprise caritative.
Quand ce sera votre tour, un bon conseil, butez votre D.R.H. avant de sortir, ça justifie le licenciement et ça soulage. Je ne vous demande rien, j'ai juste besoin d'un bon paquet de fric et d'une fille pour m'épouser, même moche, même un quart d'heure.
Mademoiselle, entre un billet de 200 et un peu d'amour, qu'est-ce que vous préférez me donner ?
Fous la paix à Mademoiselle et suis-moi, ROUQUIER, j'ai quelques questions à te poser.
Libération
?
?
LILI !
C'est pas le flacon d'HYPNOTHANE que tu aurais paumé, des fois ?

J'avais un copain chez KATY DOG, François SAHEL il s'appelait, on a été virés en même temps, et ce petit numéro dans le métro, on le faisait ensemble, synchrone. C'était une idée à lui. Les gens se marraient. Il était bourré d'idées, SAHEL, il était concepteur publicitaire.
Conseiller aux voyageurs de buter les D.R.H., c'était une idée à toi ou de SAHEL?
Tous ceux qui connaissent le D.R.H de KATY DOG ont cette idée dix fois par jour. Et la nuit ils en rêvent. Ça devient une raison de vivre.
Une crevure absolue! Une chiure d'homme! Un étron en costard! Une guillotine souriante, les pires! LAHACHE, il s'appelle, ça s'invente pas! Même chez vous, les flics, y a pas mieux!
Allez-y voir vous-même, Monsieur l'inspecteur, embauchez-vous chez KATY DOG, dans deux jours vous lui collez une balle dans la tête, à LAHACHE, et vous aurez l'impression d'avoir fait la meilleure action de votre vie.
Regardez-moi, flicard, vous me voyez? C'est parce que j'ai pas eu le courage de le faire que j'en suis là!
Qu'est-ce qu'il est devenu, SAHEL?
Il s'est balancé sous la rame un jour que j'étais pas avec lui. Et c'est pas le premier que LAHACHE pousse au suicide!
Mort?
Probable. Je l'ai jamais revu.
PERRIN
SOUPAULT Georgette
SAHEL
Alors?
Mêmes empreintes sur le flacon. Main gauche. Mais aucune ne correspond à celles du personnel. D'un côté je préfère. De l'autre, on piétine.

D'où ça vous vient, cette manie de bouffer les poulets entiers, Capitaine ?
BOURG-EN-BRESSE.
DONG
Très mauvaise idée, le suicide dans le métro ! 80% des gens s'en sortent vivants, mais dans un état effroyable. Quant à votre SAHEL on m'a monté son dossier. Ah ! voilà. Eh bien, il a eu de la chance. Il s'en est tiré blessé. Ça s'est passé à la station Saint-Marcel... on l'a transporté à la Salpêtrière.
MAISON DE LA RATP 54
Sacré Félix ! Depuis que je lui ai mis le bras dans le plâtre, il se casse plus jamais la figure.
Bon Dieu, Capitaine... Les empreintes d'une seule main, la boîte ouverte avec les dents... C'est pas un gaucher qui a fait le coup.
Ouais... Vous pensez la même chose que moi, Lili ?

C.R.S.=SS D.R.H=HH
POLICE
HOPITAL DE LA SALPETRIERE
SAHEL ? Ouais, je me rappelle très bien. Il a paumé le bras droit, on l'a ligaturé au-dessus du coude. Il a eu plus de chance que mon client, là.
C'est vraiment pas le bon truc pour se foutre en l'air, le métro...
Le plus marrant, avec SAHEL, c'est qu'après avoir perdu la main droite, il s'est aperçu qu'il était vachement bon en dessin, avec la gauche.
Qu'est-ce que vous dites ?
Il est devenu peintre, là, juste en dessous, au Jardin des Plantes.
!
MONSIEUR HÉLAS!

MONSIEUR HÉLAS!
Ouais, c'est comme ça qu'il voulait qu'on l'appelle, SAHEL, après l'opération. "HÉLAS, c'est mon nom gauche", il disait.
A
Monsieur HÉLAS? Disparu. Il a touché le pactole! Une blonde comaque qui lui a tout acheté. Une galeriste de la haute, à ce qu'il m'a dit.
Votre délai est expiré, mon petit JUSTIN. Je vous retire l'enquête, je mets VÉRONÈSE sur le coup et je vous fais virer. Ça vous laissera le temps de courir les blondes.
Dommage, patronne, j'allais vous réveiller demain avec le coupable. Un joli cadeau pour votre fin de carrière.
Pas demain, aujourd'hui! Je vous laisse jusqu'à minuit.
Tu comptes vraiment livrer M. HÉLAS?
Tu vois une autre solution?

Ce type est une mine d'or, Justin.
J'ai déjà vendu toute sa production et il peint comme il respire. Notre monde a besoin de pureté. Même les cyniques en ont marre d'être blasés.
Un Douanier ROUSSEAU manchot en cette fin de millénaire, c'est exactement ce qu'il nous fallait pour faire fortune !
Et mon boulot de flic ?
Je te préfère en Directeur des Ressources Humaines.
RY
Je n'ai confiance qu'en moi, pour l'accrochage.
Ne parlez pas d'autre chose, M. HÉLAS, répondez-moi.
!
?
GALLERY
C'est vous qui l'avez tué. On a relevé des empreintes de gaucher sur le flacon d'HYPNOTHANE, je suis sûre que ce sont les vôtres. Et la marque de vos dents sur la boîte de la seringue.

GALERIE LA BOURDONNAIS
F. HELAS
Et alors ? Qu'est-ce que vous allez faire ?
Rien du tout. Ne comptez pas sur moi pour vous donner à la police. Mais vous ne pourrez pas vivre avec ça sur la conscience, M. HÉLAS, Vous n'êtes pas un véritable assassin.
Vous savez ce qu'il faisait, votre chômeur, en réalité ? Patron et D.R.H. de KATY DOG ! Le TORQUEMADA des petits salaires. Une vraie crevure. Je vivrai très bien avec ça, Lili, je vous assure. Soyez gentille, passez-moi le hibou.
DDRRRRRRRRR
?
RRRRR
RRRR
V. HUGO LES MISÉRABLES
Ouvre-moi Lili, c'est moi Justin. Je voulais m'excuser, te dire de ne plus t'en faire pour le gars du Jardin des Plantes, c'était pas un suicide, c'était un assassinat, mais j'obéissais aux consignes. C'est fini. Je viens de trouver le coupable. Je peux monter ?
Monte !

TOC
TOC
JUSTIN!
!
CLAC
CLAC
Pourquoi tu as fait ça, Lili ? Piquer ce pauvre type et le pendre...
Mais j'étais avec toi, cette nuit-là !
Qui le sait ?
Ta seringue, ton HYPNOTHANE, tout ça dans ton labo... tu aurais pu prendre des précautions, quand même...
HYPNOTHA
Salut, joli manteau.

Qu'est-ce que je te disais, VÉRONÈSE, tu fais trop confiance aux femmes. T'es un sentimental, c'est mauvais pour une carrière de flic.
PIECE A CONVICTION Nº1
D'accord, mon petit JUSTIN. On a la coupable, on a les pièces à conviction, on a l'heure du crime. Mais le mobile? Pourquoi aurait-elle fait ça?
Idéalisme, patronne. Elle savait que LAHACHE était héritier, patron et D.R.H. Elle a fait justice à sa façon. Au fond, ce salaud ne l'a pas volé. Mais si la justice était idéaliste, y aurait plus un seul justiciable en liberté.
Je peux en placer une?
Je vous écoute.
Ce petit con était l'amant de LILI. Je ne sais pas ce qu'il maquille, mais c'est pas net.
C'est vrai, patronne. Et je m'en veux de ne pas avoir prévu ça. Je vous demande d'accepter ma démission.
Une crise d'idéalisme, vous aussi!?
Sérieux, patronne, je démissionne.
KATY DOG
KATY DOG
Ce n'est pas vrai! Vous me virez parce que je suis enceinte!

Enceinte, Mlle LESCURE ? Je ne m'en étais pas aperçu...
Monsieur MERCADIER, je vous prie.
KATY !
Asseyez-vous, MERCADIER.
Une question : pensez-vous que j'aie toujours été Directeur des Ressources Humaines ?
Eh bien non, MERCADIER, je ne le suis que depuis dix jours. L'aptitude à la reconversion, tout est là, aujourd'hui.
Ce sont vos qualités qui nous obligent à nous séparer de vous, MERCADIER. Il faut aller plus loin, viser plus haut. Vous verrez, vous me remercierez.
Il avale plus rien. Même pas le chat.
Depuis quand ?
Depuis l'arrestation de Lili.
Brigitte non plus...
!?

...
Même Félix a arrêté de faire le con. Mais c'est pas le pire. Les piafs non plus, on peut rien leur faire avaler.
Vous voyez...
Grève de la faim générale, alors...
Faut croire. Moi-même...
L'avocat a bon espoir pour la conditionnelle.
Je t'ai apporté des calissons.
Mais tu l'sais bien que j't'aime.
Marco va bien?
C'est trop long, je tiendrai pas.
Et Ahmed, il prend ça comment?
Il faut manger, Capitaine.
Vous maigrissez à vue d'oeil, il faut manger, Capitaine.
Pas tant que vous paierez pour ce con d'HÉLAS.
Vous savez bien que je ne peux pas le dénoncer.
Moi non plus.
FUCK THE POLICE
D'où ça vous vient, cette haine du flic?
JOHANNESBURG.

A ma connaissance, M. HÉLAS est le premier artiste français à se voir proposer si vite une rétrospective à Beaubourg.
Ce n'est que justice. Votre travail est d'une telle force !
D'une telle authenticité !
C'est pas mal, quoi...
Trop modeste, M. HÉLAS, c'est beaucoup mieux que pas mal.
Avec un matériel pareil, Aglaé va nous faire une émission épatante !
Oui, vous m'inspirez beaucoup plus que les chômeurs en cage, M. HÉLAS ! Les gens ont besoin de beauté et d'espérance !
Un toast à M. HÉLAS !

?!
A

NOOON
NON
Avoue! Tu lui as foutu un flash d'HYPNOTHANE, tu l'as trimballé dans ma benne jusqu'à la Gloriette de Buffon, et là-haut, comme t'as qu'un bras, tu l'as pendu avec la grue.
RA RA
VRAI OU FAUX ?

OUILLE! OUILLE! OUILLE!
TOC
Ils ne vont pas te bouffer, ils sont en grève. Ils vont juste te mettre en pièces. C'est joueur, l'ours.
C'est vrai, c'est moi!
Et tu as envoyé LiLi en taule. Tu sais ce que c'est que la taule, HÉLAS? Regarde autour de toi.
Je sais un vrai dégueulasse. LiLi méritait pas ça. Mais LAHACHE était beaucoup plus dégueulasse que moi.
Tu vas me raconter ça.
Il nous traitait comme des bêtes.
C'est ce que je lui ai dit, quand il m'a viré.
Virez-moi! Je vais vous faire une pub d'enfer LAHACHE! Je vais m'enfermer dans la cage d'un zoo avec une pancarte grande comme ça: ANIMAL HUMAIN. VIRÉ DE CHEZ KATY DOG.

Ah! bon? C'était de toi cette idée à la con?
Ouais. Et c'est lui qui l'a appliquée. J'étais un bon publicitaire. Il en a profité jusqu'au bout, le fumier.
Évidemment, tu l'as reconnu dans la cage...
Non, c'est ça le plus fort. Trop maquillé. Trop différent. Je ne l'ai reconnu que le soir où Lili l'a engueulé à la télé. Quelque chose dans les yeux...
J'étais juste à côté dans un rade d'Austerlitz. Lili venait de me soigner. J'y suis retourné.
A
HA! HA! HA!
DANGER TRAVAUX
J'ai attendu qu'il débranche ses caméras, je l'ai piqué et quand il est sorti du cirage, je lui ai cité les noms de tous ceux pour qui il allait payer; je lui ai montré mon moignon et je l'ai pendu. Point final.
Je regrette rien. Sauf pour Lili, bien sûr.
Je ne peux pas vous balancer aux flics, M. HÉLAS, c'est contre mes principes. Mais il faut que vous sortiez Lili de taule.
Je vais vous faire des aveux publics, télévisés. Je vais même peindre une jolie preuve... D'où vous la tenez, cette gnôle?
AMBULANCE
IRKOUTSK.

HELAS
RETROSPECTIVE
Monseigneur, quelle joie! Vous avez pu vous libérer...
HELAS
Ce n'est pas seulement un immense artiste que nous célébrons aujourd'hui, c'est le courage d'un homme hors du commun...
... un peintre qui a découvert le génie de sa main gauche, le jour où un acte désespéré lui fit perdre la droite.
HELAS
Cette œuvre géniale produite par un homme qui croyait avoir tout perdu...
... est une splendide leçon donnée à tous les sans espoir de notre société.

Nous ne vous avons pas conviés à un vernissage comme les autres, mais à la *découverte* d'une Oeuvre. M. HÉLAS va vous dévoiler une à une des toiles qui, pour la plupart, me sont à moi-même inconnues.
Un CHRISTO qui emballerait ses propres oeuvres, en somme.
C'est déjà très fort !
J'ai toujours aimé les animaux... tous les animaux...
Sauf un.
J'aime la palombe pour son innocence.
Epatant !
Un SEURAT écologiste !
J'aime la Hyène, pour son heureux caractère...

Très original!
Un BACON animalier.
J'estime beaucoup les crocodiles! Je connais personnellement un crocodile en grève de la faim depuis des semaines par solidarité avec une jeune femme injustement emprisonnée.
Qu'est-ce qu'il raconte?
Surveille-le.
LAS
Mais les jeunes femmes croient rarement les crocodilles qui pleurent sur elles.
Le Douanier ROUSSEAU, SEURAT, BACON, MAGRITTE, KREIENBÜHL, le génie de M. HÉLAS semble avoir assimilé tout ce que la peinture a produit d'essentiel.
Je m'étais juré de ne jamais tuer un seul animal! Même mes poux, je les laissais vivre, du temps où je dormais dans le métro.

Pourtant, mesdames et messieurs, cette dernière toile représente le seul animal que j'aie tué de ma propre main!
?
!
MERDE...
ENTREE INTERDITE
La pire des bêtes, mesdames et messieurs!
Monsieur HÉLAS...
Toi, ta gueule!
Cette toile, mesdames et messieurs, cette toile est mon chef-d'œuvre, mon honneur et mon malheur! L'aveu du meurtre perpétré sur la plus abominable saloperie de bestiau qui soit!
OOOOOOOOOOOH!
CLAC
?
OOOOOH

POPS!
Non mais !
Qu'est-ce que...
EH!
Mes pieds !
AÏE!
Du calme !
OUILLE...
CLAC!
OH!
OH
AÏE
AAAAAAAAAAAAAAAH!
HELAS
Mon Dieu, chère amie...
Fais pas chier, toi !
OH! MERDE !

AAA
?
AAAA
AA
AAAAAAA
La preuve, madame.
HYPNOTHAM
Le Parisien
Il se suicide la nuit de sa consécration
Venez avec moi.

Où va-t-on?
Libérer la petite.
Si je comprends bien, ce branleur de JUSTIN a une fois de plus merdé.
Pire peut-être?
Je ne balance jamais personne aux flics.
Vraiment personne?
Même pas un flic.
D'où ça vous vient, cette passion pour HUGO?
GUERNESEY.
Allez, mange, Brigitte, je suis revenue.

Voilà c'est bien mangé.
Mort de faim.
Pauvre Edouard.
C'est le seul qui ne veut pas se remettre à manger.
Faut lui donner l'exemple.
Allez, quoi, Georges, pour me faire plaisir!
FFFFF
Je crois savoir ce qu'il lui faut. Rentrez chez vous, Lili, demain, il sera guéri.
?

Ils allaient foutre le camp, les fumiers !
Allez, prends ton temps mon vieux Georges.
AA..:
AH!
V. HUGO LES MISERABLES

Toute la question est de savoir...
Si cette fleur bleue de VÉRONÈSE...
Sera efficace sur ce coup-là.

Ah ben ça va mieux, on dirait !
Comment avez-vous réussi à le faire manger, Capitaine ?
Les restos du cœur, Lili.
Mademoiselle Lili !
Inspecteur VERONÈSE !

Et celui-là, tu crois que ce sera son genre ?
HIPS
HIPS
HIPS
?
BEUEUEU...
!
DING
FIN
KATY DOG
TARDI

V.HUGO
SERABLES

Des mêmes auteurs

LE SENS DE LA HOUPPELANDE
Nouvelle de Daniel Pennac
Éd. Futuropolis

Autres ouvrages de Jacques Tardi

Scénario et dessin

C'ÉTAIT LA GUERRE DES TRANCHÉES
ADIEU BRINDAVOINE
suivi de LA FLEUR AU FUSIL
Éd. Casterman

Les aventures extraordinaires d'Adèle blanc-Sec
ADÈLE ET LA BÊTE
LE DÉMON DE LA TOUR EIFFEL
LE SAVANT FOU
MOMIES EN FOLIES
LE SECRET DE LA SALAMANDRE
LE NOYÉ À DEUX TÊTES
TOUS DES MONSTRES
LE MYSTÈRE DES PROFONDEURS
Éd. Casterman

LE DÉMON DES GLACES
UNE GUEULE DE BOIS EN PLOMB
d'après les personnages de Léo Malet
Éd. Casterman

LA VÉRITABLE HISTOIRE DU SOLDAT INCONNU
Éd. Futuropolis

ICI MÊME
Scénario de Forest
Éd. Casterman

TUEUR DE CAFARDS
Scénario de Legrand
Éd. Casterman

GRIFFU
Scénario de Jean-Patrick Manchette
Éd. Casterman

POLONIUS
Scénario Picaret
Éd. Futuropolis

RUMEURS SUR LE ROUERGUE
Scénario de Christin
Éd. Futuropolis

VARLOT SOLDAT
Scénario didier Daeninckx
Éd. L'Association

Adaptations

CASSE-PIPE À LA NATION
BROUILLARD AU PONT DE TOLBIAC
120, RUE DE LA GARE
d'après les romans de Léo Malet

JEUX POUR MOURIR
d'après le roman de Geo-Charles Véran

LE DER DES DERS
d'après le roman de Didier Daeninckx
Éd. Casterman

Romans illustrés

VOYAGE AU BOUT DE LA NUIT
CASSE-PIPE
MORT À CRÉDIT
L.-F. Céline
Éd. Futuropolis - Gallimard

SODOME ET VIRGINIE
Tragédie nécro-spirituelle en 3 actes
de Daniel Prévos
Éd. Denoël

Catalogue

TARDI EN BANLIEUE
Préface de Jean Vautrin
TARDI PAR LA FENÊTRE
Éd. Escale à Paris

Dessin

MINE DE PLOMB
CHIURES DE GOMME
Éd. Futuropolis

Cinéma

UN STRAPONTIN POUR DEUX
en collaboration avec Michel Boujut
Éd. Casterman

Collectif

GRANGE BLEUE
Dominique Grange, Pichard, Bilal, Tardi
Éd. Futuropolis

Autres ouvrages de Daniel Pennac

Essais

LE SERVICE MILITAIRE AU SERVICE DE QUI ?
Coll. Combats
Éd. Le Seuil

Roman

LES ENFANTS DE YALTA
en collaboration avec T. Eliad
Éd. Lattès

PÈRE NOËL
en collaboration avec T. Eliad
Éd. Grasset

Série Noire

AU BONHEUR DES OGRES
Série Noire n° 2004, Folio n° 1972
LA FÉE CARABINE
Série Noire n° 2085, Folio n° 2043
Éd. Gallimard

Collection Blanche

LA PETITE MARCHANDE DE PROSE
Folio n° 2342
COMME UN ROMAN
Folio n° 2724
MONSIEUR MALAUSSÈNE
Folio n° 3000
DES CHRÉTIENS ET DES MAURES
MONSIEUR MALAUSSÈNE AU THÉÂTRE
MESSIEURS LES ENFANTS
AUX FRUITS DE LA PASSION
Éd. Gallimard

Jeunesse

CABOT-CABOCHE
L'ŒIL DU LOUP
Éd. Nathan

LA VIE À L'ENVERS
Éd. Bayard Presse

SAHARA
Dessins de Antonin Louchard
Éd. Thierry Magnier

KAMO ET MOI
L'ÉVASION DE KAMO
KAMO, L'IDÉE DU SIÈCLE
KAMO L'AGENCE BABEL
Éd. Gallimard

MIRÓ. LE TOUR DU CIEL
MONET. QU'EST-CE QUE TU ATTENDS MARIE ?
Éd. Calmann-Lévy avec RMN

Albums de photos

avec Robert Doisneau
LES GRANDES VACANCES
LA VIE DE FAMILLE
Éd. Hoëbeke

Cet ouvrage a été imprimé en janvier 2000,
sur du papier Périgord de 135 g.
des papeteries de Condat.
Imprimé en France.
Photogravure : Arciel Graphic, Vérone
Impression : Publiphotoffset, Paris
Reliure : Ouest - Reliure

Dépôt légal : janvier 2000
ISBN : 2-07-078 800-8

87662